13 Décembre 1909

VENTE
DES
13 & 14 DÉCEMBRE 1909
HOTEL DROUOT, Salle N° 10
à 2 heures

IMPORTANTS BIJOUX

PIERRES SUR PAPIER

PROVENANT DE LA SUCCESSION DE

M. L. PÉRON, joaillier

COMMISSAIRE-PRISEUR
Mᵉ HENRI BAUDOIN
Successeur de Mᵉ PAUL CHEVALLIER
EXPERT
M. ANDRÉ AUCOC

CATALOGUE

DE

Très beaux Bijoux

MONTÉS

Importante Rivière en Brillants

Rang de Perles, Boutons d'oreilles
Broches, Bracelets

Pierres sur papier : Roses, Brillants, Perles
Saphirs, Rubis et Émeraudes

PROVENANT DE LA

Succession de M. L. PÉRON, joaillier

ET DONT LA VENTE AURA LIEU A PARIS

HOTEL DROUOT, SALLE N° 10

Les Lundi 13 et Mardi 14 Décembre 1909

à 2 heures

COMMISSAIRE-PRISEUR	EXPERT
Mᵉ HENRI BAUDOIN	**M. ANDRÉ AUCOC**
Succʳ de Mᵉ PAUL CHEVALLIER	6, rue de la Paix, 6
10, rue Grange-Batelière, 10	PARIS

EXPOSITION PUBLIQUE

Le Dimanche 12 Décembre 1909, de 1 heure 1/2 à 6 heures

CONDITIONS DE LA VENTE

La vente sera faite au comptant.

Les acquéreurs paieront *dix pour cent* en sus des enchères.

N. B. — Les poids des pierres indiqués pour les pièces montées ont été copiés sur les livres de la maison Péron ; ils ne sont donc mentionnés au catalogue qu'à titre documentaire, et sans garantie. Aucune réclamation ne pourra être faite à cet égard par les acquéreurs.

ORDRE DES VACATIONS

Lundi 13 Décembre 1909

Pierres sur papier.

Mardi 14 Décembre 1909

Bijoux montés.

Paris. — Imp. Georges Petit, 12, rue Godot-de-Mauroi. — 20237-09.

DÉSIGNATION

PIERRES SUR PAPIER

ROSES

1 — Un lot de roses : 22 cts 1/8.

2 — Une rose : 1 ct 1/2 1/16.

3 — 298 roses : 1 ct 1/8 1/32 1/64.

4 — 296 roses : 7 cts 1/8 1/32.

BRILLANTS

5 — Un brillant : 2 cts.

6 — 3 brillants : 6 cts 1/4 1/16 1/32.

7 — Un brillant : 3 cts 1/8 1/16.

8 — 8 brillants : 9 cts 1/4 1/8 1/16.

9 — 12 brillants : 5 cts 1/2 1/8 1/16 1/32.

10 — Un lot de brillants : 18 cts 1/4 1/8 1/16 1/32.

11 — 74 brillants : 26 cts 1/8 1/32.

12 — Un lot de brillants mêlés : 49 cts 1/4 1/8 1/16 1/64.

13 — Un lot de brillants mêlés : 29 cts 1/64.

14 — 296 petits brillants : 2 cts 1/2 1/4 1/32.

15 — 496 petits brillants : 4 cts 1/16

16 — 393 petits brillants : 14 cts 1/4 1/16.

17 — Un lot de petits brillants : 2 cts 1/2 1/16.

PERLES

18 — 16 perles grises : 27 grs 1/8.

19 — 10 perles blanches : 51 grs 1/2 1/4 1/8.

20 — 42 perles blanches : 102 grs 1/8 1/16.

21 — 32 perles blanches : 50 grs 3/4.

22 — 74 perles blanches : 167 grs 1/2.

23 — 2 PERLES D'AMÉRIQUE : 49 grs 1/4.

24 — 10 PERLES BLANCHES : 36 grs 1/4 1/8.

25 — 39 PERLES BLANCHES PERCÉES : 62 grs.

26 — UN LOT DE PERLES BLANCHES : 155 grs 1/2 1/8.

27 — UN LOT DE DEMI-PERLES : 174 grs.

PIERRES DE COULEURS DIVERSES

28 — UN LOT DE GRENATS : 35 cts 3/4.

29 — 45 OPALES : 23 cts 1/2 1/8 1/16 1/32.

30 — 2 TURQUOISES : 5 cts 1/2 1/4.

31 — UN LOT DE TURQUOISES : 89 cts 1/4 1/8.

32 — 5 OLIVINES : 7 cts 1/8 1/32.

SAPHIRS

33 — 21 SAPHIRS : 20 cts 1/4 1/16.

34 — Un lot de saphirs : 12 cts 1/2 1/4 1/8 1/16 1/32.

35 — 7 saphirs cabochons : 9 cts 1/2 1/4 1/8.

EMERAUDES

36 — Une émeraude : 1 ct 1/16 1/32.

37 — 2 émeraudes : 3/4 1/8 1/16 1/32.

38 — 2 émeraudes (dont une poire) : 3/4 1/16.

39 — 5 émeraudes : 2 cts 1/2 1/8 1/32.

40 — 9 émeraudes : 1 ct 1/2 1/8 1/64.

41 — Un lot d'émeraudes : 20 cts 1/4 1/16 1/32.

42 — 8 émeraudes cabochons : 8 cts 1/2.

RUBIS

43 — Un rubis : 1 ct 1/4 1/16 1/64.

44 — 13 rubis : 6 cts 1/2 1/16.

45 — 3 rubis : 8 cts 1/4 1/8 1/16 1/32.

46 — Un lot de rubis : 23 cts 1/2 1/4 1/32.

47 — Un rubis : 1/2 ct 1/8.

48 — 206 rubis facettes Orient : 18 cts 1/2.

49 — 21 rubis : 7 cts 1/16.

50 — Un lot de rubis cabochons : 38 cts 1/8.

51 — Jargons : 3 pierres grenats : 9 cts 1/2 1/8
    1/16 1/32.

BIJOUX MONTÉS

52 — PAIRE DE BOUTONS perles brunes, entourage brillants : 2 perles : 19 grs 1/4 ; 16 brillants : 7 cts 1/4.

53 — PAIRE DE PERLES grises, entourage brillants : 2 perles : 18 grs 1/4 ; 18 brillants : 4 cts 1/2 1/4 1/8.

54 — PAIRE DE BOUTONS solitaires en brillants : 2 brillants : 6 cts 1/4 1/8.

55 — PAIRE DE BOUTONS solitaires en brillants : 2 brillants : 9 cts 1/4 1/8.

56 — PAIRE DE BOUTONS solitaires en brillants : 2 brillants : 3 cts 1/2 1/4.

57 — PAIRE DE BOUTONS perles blanches, surmontées d'un brillant : 2 perles : 21 grs 1/4 ; 2 brillants : 1/2 ct.

58 — BROCHE ornement brillants et perle : 1 perle de centre, ovale : 84 grs 1/4 ; 163 brillants : 22 cts 1/4 1/8 1/32 1/64 ; 38 roses : 1/2 1/8.

59 — BROCHE papillon, brillants et rubis : 9 brillants bruns : 61 cts 1/4 1/16 ; 127 brillants : 9 cts 1/8 1/16.

60 — GRANDE BROCHE croissant et flèche : 122 brillants : 22 cts 1/2 1/32 ; 158 roses : 1 ct 1/4 1/8 1/16 1/64.

61 — BROCHE ornement fer de lance : 1 brillant au centre : 3 cts 1/2 1/4 1/8 1/16.

62 — RANG DE 69 PERLES blanches, à fermoir de perle, entourage de brillants : 69 perles : 299 grs.

63 — RIVIÈRE en brillants : 44 brillants : 110 cts 1/2 1/8 1/32.

64 — TOUR DE COU, chaîne carrée, avec motif central de pampilles brillants ; chaîne carrée : 22 cts 1/4 1/8 1/16 ; pampilles : 25 cts 1/8 1/16 1/32.

65 — COLLIER DE CHIEN : 9 rangs de perles ; plaque et barrettes en brillants : 468 perles, 844 grs ; plaque : 27 carats 1/4 1/8 1/16 1/32 ; barrettes : 8 cts 1/4 1/16.

66 — GRANDE BROCHE, feuillage de chêne souple, en brillants et perles : 22 brillants recoupés : 5 cts 3/4 1/32 ; 193 non recoupés : 13 cts 1/2 1/16 1/32 ; 270 roses : 3 cts 1/2 1/16 ; 6 perles : 82 grs.

67 — BROCHE branche de houx en brillants et perles grises : 2 brillants recoupés : 3/4 1/16 ; 206 brillants non recoupés : 13 cts 1/4 1/8 1/16 1/32 1/64 ; 70 roses : 1 ct 1/32 ; 9 perles grises : 36 grs.

68 — AIGRETTE en brillants : brillants : 10 cts 1/2 1/4 1/8 ; roses : 1/4 1/8 1/16.

69 — BROCHE capucine en brillants : 73 brillants recoupés : 16 cts 1/2 1/8 1/16 ; 146 brillants non recoupés : 10 cts 1/2 1/8 ; 275 roses : 4 cts 1/2 1/8 1/16 1/32.

70 — BRACELET corps croisé : 2 brillants ; 2 gros brillants : 7 cts 1/8 ; 24 brillants : 3 cts 1/4 1/16.

71 — BRACELET émeraude et brillants : 1 émeraude : 3 cts ; 2 brillants : 2 cts 1/4 1/8 1/16 1/64 ; 36 brillants : 1 ct 3/4 1/8 1/32.

72 — GRAND SAC or, à fermoir, enrichi de rubis
et brillants.

73 — BROCHE feuillage, roses.

74 — PLAQUE DE COU montée sur platine et
sertie de brillants et roses.

75 — LOT DE BIJOUX divers (pourra être divisé).

9 782329 344546